SOS零花钱

【法】吉普 ◎ 著 ／ 艾迪斯·香彭 ◎ 绘
梅思繁 ◎ 译

浙江人民美术出版社

译者前言

Preface / 梅思繁

成长的美丽与澎湃

这是一套向即将走入，或者已经走入青春岁月的年轻生命们，讲述关于成长中的万千情感，各种疑惑，生命和社会的难解命题的丰富小书。这同时也是一套所有的成年人也许都应该拿起来读一读的有趣作品。它会让已经远离青春岁月的成年人，重新记得这段人生中的特殊时光。它更会令成年人懂得青春期的复杂与不易，让他们更好地陪伴在孩子们的身边，度过这段既美好又时常充满动荡与变换的时期。

主人公索尼娅是个11岁多的女孩。她聪慧、敏感，喜欢新鲜事物，充满着生命力。父母的离异带给这个刚刚告别童年的女孩，对成人世界的各种不解，以及印在她心中的深深的伤痛与失落。家庭与父母给予她的在童年时的支撑与力量，随着父母的分离，瞬间消失了。她又恰恰在此时，走入了青春期——一个自我意识与身份在这一时期开始逐渐形成的，生命中尤为重要的阶段。

跟随着索尼娅的校园生活，我们会看到，索尼娅和她的同伴们作为当今法国乃至整个西方社会的青少年，他们看待世界与社会的眼光；他们对独立的自我身份与话语权的要求；他们在情感上的诉求；他们对大量传统观念和事物的反叛，以及对新生的电子与科技社会的追随和融入。

这套书的两位作者，用最贴近现实的图画和语言，刻画了法国青少年的生存状态与面目。在这种毫无掩饰的真实讲述里，有一些话题也许会让我们的中文读者（尤其是成年人）觉得不那么自在。比如故事里涉及的青春期的两性情感问题，比如这些孩子对电子游戏与其他电子产品的沉迷，比如他们对传统文学的陌生，对嘻哈音乐的狂热……

我非常理解，我们的成年读者在读到这样的情节时，刚开始的时候会产生一些不首肯和淡淡的反对情绪。我作为一个在法国社会生活了十多年的成年人，我同样有着对于“索尼娅”们的态度和行为，有我的不认同和保留。但是当我仔细地观察一下我身边的“索尼娅”和“艾罗迪”，我不得不承认，两位作者在这套书里的刻画是无比真实与形象的。

我猜想，作者秉承这样坦诚的创作态度，是为了让青少年读者在这套书里找寻到他们对主人公的认同感。每一个青春期的孩子都会在这套丰富的作品里，读到自己的影子。这些主人公的快乐与烦恼，也是天下所有青春期的孩子们在经历着的丰富情感。作者的毫无隐藏，更是为了让所有的成年人，放下我们对青春期的各种偏见，用专注与理解的眼神去读懂青春期的孩子们的情感、诉求和对社会与成年人的期待。

索尼娅和她的同伴们，有着青春期群体的任性妄为、自以为是等缺点。但是他们同时拥有蓬勃的生命力、创造力，和勇于打破不公平的社会秩序，为那些少数以及弱小群体呐喊、争取权力的大胆和真诚。他们生在一个高科技和电子化的时代，自然而然地，对于传统社会的价值观念、生活方式甚至娱乐方式，他们都是不了解并有点嗤之以鼻的。但是一旦当他们读到雨果的诗歌，当他们亲身感受到田园生活的美好，他们有一颗比成年人柔软得多的心灵，会毫不犹豫地接受并且拥抱传统。

当我们读完索尼娅和她的同伴们的故事，我们会发现，这些看似离经叛道的年轻生命，其实与任何一个时代的青春期孩子都是一样的。他们以他们的方式，在寻找着属于自我的独立身份与人生轨迹。一切的反叛也好，惊世骇俗也好，绝不是他们的终极目的，而只是他们在面对成长中的巨大转型时的某种难言的不知所措。这些时常宣称自己已经非常独立的“索尼娅”们，在这个生命阶段，内心所寻求的恰恰是成年人与传统价值的智慧的理解与引领。

我相信，我们的青春期的少年们，在读完这套精彩出色的作品以后，会不由自主地偷笑起来。他们在这些故事里读到了他们的日常生活、内心隐秘、欢乐与悲伤，他们更会在这些故事里找到很多困扰他们已久的各种人生与社会问题的答案。

我也相信，我们的成年人们，在读完索尼娅和她同伴们的故事以后，会用一种全新的眼光来看待他们身边正在经历着青春期的孩子们。他们会智慧地站在孩子们的身边，让他们的成长之路走得更加美好、有力、蓬勃。

索尼娅

才刚刚告别童年的她已经是个小明星了。她什么都不怕，倔强又有满脑袋古灵精怪的主意。她喜欢瞄准比朋友们更高的目标，而且她已经有喜欢的人了哦……

妈妈

36岁的离婚女性，尽自己的能力照顾着女儿。她有些迷惘，想到曾经快乐的日子，让她难免有些惆怅。

克劳黛特奶奶

奶奶和她的猫咪生活在一起。年轻的时候，她是个嬉皮士，现在改玩打毛线了。因为经济不景气，所以她不再给索尼娅零花钱了。

萨罗梅

索尼娅的小男朋友，喜欢嘻哈音乐。他穿着运动卫衣，戴着帽子的样子时髦极了。

秋天才刚刚开始，距离圣诞节还有好些日子。现在决定礼物清单有些太早了，反正索尼娅的房间里也已经被各种玩具塞满了。

现在索尼娅长大了，她希望有自己可以支配的钱，买她想要的东西。不是随便什么东西哦，是一样属于大人的，有点疯狂且价值不菲的东西……

人一恋爱起来，这方面的主意可不缺。

索尼娅把鼻子贴在一家餐厅的橱窗上。她梦想着和男朋友萨罗梅一起共进晚餐。

问题是，当你口袋里一毛钱都没有的时候，怎么像那些大人们一样花钱呢？

妈妈总是说……

索尼娅最讨厌人家威胁她。

她的朋友们也一样在抱怨着。

今天，索尼娅打算去看看克劳黛特奶奶，她已经很久没有见过奶奶了。奶奶虽然不算什么富人，但是索尼娅小的时候，奶奶每次见到她都会从口袋里拿出一张钞票。

克劳黛特奶奶和她的猫生活在一起，拿着微薄的退休金，日子过得很拮据。

秋天刚到，她就拿出自己打毛线的工具，为圣诞节做准备。

索尼娅已经有一顶她很喜欢的帽子了。这顶呢，它上面那个黄色小球实在是太奇怪了。

奶奶跟以前真是不一样了，一点都不棒……奶奶连一块钱都没给她！

索尼娅心想，不知道该怎么开口呢……

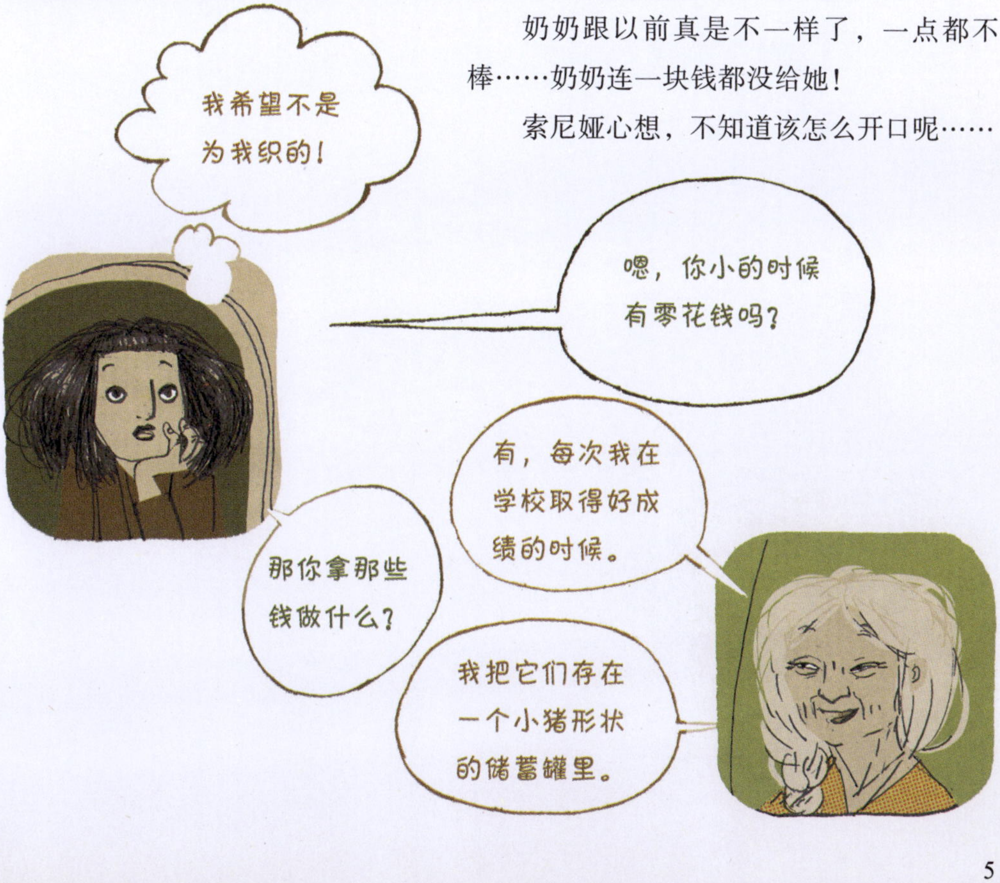

不用再指望什么了。

从克劳黛特奶奶家出来，索尼娅心想，储蓄罐这些早就已经过时了。

她做梦都想要一张会发热的银行卡。就像爸爸妈妈一样，他们在网上消费的时候卡会发热……

学校里，索尼娅和她的好朋友们讨论着怎么能不太辛苦地赚到钱。当然，爸爸妈妈替他们买他们需要的东西。但是如果自己手里有钱，这可是不一样的。

小卡斯贝不能算是他们朋友圈的人。不过只要一有机会，她一定会站出来发表意见。

这天晚上，索尼娅就开始把玩具装进包里。下个星期六是他们街区卖旧货的日子。

妈妈看起来可不太高兴。这些玩具让她想起各种回忆：掉乳牙的时候，某一次生日，和爸爸一起度过的圣诞节……

她觉得时间真是过得太快了。

几年前，索尼娅还是个喜欢玩耍的小女孩。她叫着、唱着，给娃娃们化妆。

现在呢，得像个大人一样和她说话。

事实上，索尼娅可不想去帮人家清理草地或者照顾老人。只有儒勒，班级里的大个子，他在干这种活儿。有一次索尼娅在街上遇见他，他在帮人家遛狗。

真的不行！

妈妈说了半天，小女孩还是不愿意。

索尼娅认定了，大部分人不但小气，还压榨打工的小孩。她可不想像有些国家的小孩一样，一天干12个小时的活，替工厂制造手机、DVD，还有MP3什么的。

每两个星期一次，索尼娅到爸爸那里过周末。爸爸用冷冻的肉丸和一种味道奇怪的酱料做了饭。索尼娅咽着食物，什么都没有说。

索尼娅记得小的时候，爸爸用小勺子喂她吃饭。她不敢把那食物吐出来，因为爸爸用一双大大的黑眼睛温柔地看着她。同时，他的眼睛也看着妈妈。

然后，他们就走了。

索尼娅很想多了解一些关于爸爸的事情。

索尼娅觉得成年人真是让人难以理解。他们多幸运，可以工作、赚钱、建立家庭。他们说要给孩子们做榜样，然而最终都搞砸了。

就连意大利肉酱面都不例外……

这天可是个大日子！

索尼娅和她的朋友们在人行道上摆出了她们要出售的物品。

艾罗迪把她的娃娃、木琴和滑冰鞋都拿出来了，玛格则摆出了她的积木玩具、芭比娃娃和旧旧的猴子……

索尼娅对她的摊位自豪极了。有人购买了她的电子游戏和六年级开学时买的那套笔……

快天黑了，艾罗迪和玛戈靠卖些小玩意儿赚了几个钱，不过收获最大的还是索尼娅。就是到了最后一刻，还有个小男孩跑过来花2欧元买下了她的帽子。

于是，索尼娅连她最喜欢的帽子也……

到了收拾东西的时候，索尼娅实在是太高兴了。这次终于不再是她的朋友们高高在上地来评价她了。她是最棒的！

艾罗迪和玛戈真是和我差远了……

回到家以后，索尼娅和小蚊子一起坐在床上。她把钱放进一个信封里，仔细地审视着它。

突然，她感觉卧室显得有些空荡荡的。她想到她的玩具，她最喜欢的帽子，艾罗迪和玛戈这两个也许让她不太高兴的朋友。

到了索尼娅实现梦想的时候了：“一样属于大人的，有点疯狂且价值不菲的东西！”索尼娅都准备好了。

她告诉妈妈有个朋友过生日，她会晚些回家。

恰巧妈妈心情不错，还做了一个蛋糕。

索尼娅打扮得漂漂亮亮的。

萨罗梅穿上了他的红色运动衫，戴着帽子。

餐厅前，这对小情侣看着菜单。

问都没有问侍者，索尼娅和萨罗梅就在最好的桌子前坐了下来。

桌子上摆着张纸牌——“已预约”。不过，他们两个才是今天晚上的明星客人。

桌上的蜡烛，餐厅里的音乐让他们晕乎乎的。

他们长大了。两个人想象着他们结婚了，有了两个小孩。奥德里已经3岁了，桑娜塔才6个月。

这天晚上，他们在睡觉前喝了最后一杯香槟。

站在阳台上，可以看见闪闪发光的埃菲尔铁塔。

萨罗梅一定是准备了什么礼物，他不停地在口袋里摸着什么。

通常都是在吃甜点的时候，会送上一枚美丽的戒指。

但要把一家豪华餐馆的菜单读清楚，还真不是件容易的事情。他们两个连菜单上一半的内容都弄不太明白，而且有的东西听上去还让人有点害怕。

餐厅里，服务生做出个奇怪的表情。

最好的方法是让他们两个明白，这地方根本不属于他们。

服务员忍不住笑起来。

索尼娅好不容易才说服萨罗梅不要在大庭广众下闹事。

他们在街上转了一圈以后，各自回家去了。

萨罗梅的口袋里并没有戒指，他只有一个手机。

索尼娅失望极了，她多想多扮演一会儿大人啊……

索尼娅不打算把钱放到储蓄罐里。

走过一个小公园的时候，她看见地上坐着一个妈妈，膝盖上躺着她的孩子。这可怜的女人不敢对一个青春期的女孩伸出手去乞讨，可是她的眼神里分明是在乞求着什么。

索尼娅想都没想就把她珍贵的信封递了过去。

这样，至少钱能派上些用处。

索尼娅偷偷斜着眼看见那母亲打开了信封。在母亲的微笑下，小孩知道，今天晚上他们有饭吃了。他们甚至可以去旅馆过夜了！

索尼娅回到家的时候，妈妈还没有睡觉。和平时一样，她宁愿躺在沙发上半睡半醒地等着女儿回来。

索尼娅从来没有如此高兴地打开过一个包裹。哪怕那包裹软塌塌的，上面系着根陈旧的线，还是让她很愉快。

慢慢地，索尼娅的房间又将会填满新的玩具和礼物，那些没有用的东西。

那些仅仅储存着回忆的东西。

周末过去了。萨罗梅打电话给索尼娅，约了下次见面的时间。

至于她的朋友们，则一点都不记仇。她们在想，不知道索尼娅有没有把钱存起来。

艾罗迪和玛戈什么钱都没有花。

看来，零花钱也是可以让他人快乐的……

好了，谁有
钱买糖果？
我！
我！

艾罗迪

索尼娅最要好的朋友。她每个月的零花钱只有5欧元，艾罗迪静静地等待着有一天自己也会成为明星。

小蚊子

一只来历不明的白色老鼠，非常聪明。他不与任何猫咪有接触，包括克劳黛特奶奶的猫。

爸爸

自从爸爸妈妈分开后，索尼娅不经常和爸爸见面，他们每隔两周的周末才见一次。爸爸不会做饭，即使是意大利肉酱面也做不好。

儒勒

班级里的大个子。他可不傻，靠替邻居遛狗来赚零花钱。

献给所有

即将进入青春期的孩子们

合同登记号：
图字：11-2018-14号

图书在版编目（CIP）数据

SOS零花钱 / (法) 吉普著 ; (法) 艾迪斯 · 香彭绘 ; 梅思繁译. -- 杭州 : 浙江人民美术出版社, 2019.1
（成长的烦恼）
ISBN 978-7-5340-7273-4

Ⅰ. ①S… Ⅱ. ①吉… ②艾… ③梅… Ⅲ. ①儿童故事—法国—现代 Ⅳ. ①I565.85

中国版本图书馆CIP数据核字(2019)第013337号

责任编辑：张嘉杭
责任校对：黄　静
责任印制：陈柏荣

SOS零花钱

［法］吉普　著 / 艾迪斯 · 香彭　绘
梅思繁　译

出版发行：浙江人民美术出版社
（杭州市体育场路347号）
网　　址：http://mss.zjcb.com
经　　销：全国各地新华书店
制　　版：杭州真凯文化艺术有限公司
印　　刷：浙江新华数码印务有限公司
版　　次：2019年1月第1版 · 第1次印刷
开　　本：710mm × 1000mm　1/16
印　　张：2.5
字　　数：10千字
书　　号：ISBN 978-7-5340-7273-4
定　　价：20.00元